Karl Philipp Conz

Ausgewählte Gedichte

Karl Philipp Conz
Ausgewählte Gedichte
ISBN/EAN: 9783743653931

Hergestellt in Europa, USA, Kanada, Australien, Japan

Cover: Foto ©Andreas Hilbeck / pixelio.de

Weitere Bücher finden Sie auf **www.hansebooks.com**

Meyer's
Groschen-Bibliothek
der
Deutschen Classiker.

Eine Anthologie in 300 Bändchen.

———

Einhundertvierundsechzigstes Bändchen.

———

Karl Philipp Conz.

Meyer's
Groschen-Bibliothek
der
Deutschen Classiker
für alle Stände.

("Bildung macht frei!")

Einhundertvierundsechzigstes Bändchen.

Ausgewählte Gedichte
von
Karl Philipp Conz.

Hildburghausen:
Druck vom Bibliographischen Institut.
New-York: Hermann J. Meyer.

Biographisches Vorwort.

Karl Philipp Conz.
Geboren 28. Okt. 1762. Gestorben 20. Juni 1827.

Lorch, ein Städtchen mit einem berühmten Kloster im Würtembergischen, ist des Dichters Conz Geburtsort. Sein Vater war Amtsschreiber. Er verlor ihn sehr frühzeitig, und seine Mutter verheirathete sich von Neuem. Conz hatte das Glück, seines armen Stiefvaters Liebe so zu gewinnen, daß ihm kein Opfer zu groß dünkte, um des Knaben Wunsch, ein Pfarrer zu werden, zu erfüllen. Seine gelehrte Bildung erhielt er auf den Seminarien zu Blaubeuren und Babenhausen und auf der Universität Tübingen.

Im Jahre 1783 bekam er die Pfarrvikariate zu Adelberg und Walzheim, später das zu Havelstein, 1789. die Stelle eines Repetenten am theologischen Seminar zu Tübingen. Im Jahre 1790 zum Prediger an der Carls-Akademie in Stuttgart, später zum Diakon in Ludwigsburg befördert, folgte er 1804 dem Rufe als ordentlicher Professor der klassischen Literatur an der Tübinger Hochschule, welche Anstellung er bekleidete, als ihn der Tod, 1827, überraschte.

Conz begann seine literarische Laufbahn sehr frühzeitig. In seinem 20sten Jahre erschien sein Erstlingsprodukt, Konradin von Schwaben, ein Trauerspiel. — Tiefer Kenner der klassischen Literatur hat er als Kritiker, Uebersetzer und Erklärer der römischen und griechischen Autoren sehr Bedeutendes und in zahlreichen Schriften geleistet. — Als Dichter gehörte Conz der philosophischen Klasse vorzugsweise an. Schärfe des Gedankens, Kraft und Tiefe des Gemüths, Feinheit und Zartheit der Empfindung stechen um so eigenthümlicher hervor, als eine gewisse Schwerfälligkeit nicht zu verkennen ist, mit welcher er sich in den dichterischen Formen bewegt. — Immer ist seine Muse eine reine, heilige Tochter des Himmels, nur dem Höchsten, dem Schönen und Sittlichen vertraut. — Sitte und Tugend werden nie von ihm beleidigt. —

Ausgewählte Gedichte.

Der Suchende.

Nach Wahrheit hab' ich viel gerungen,
Und frühe war ich nach ihr aus;
Doch ist mir nicht der Fund gelungen,
Und matt und leer kam ich nach Haus.
Ich fragte groß' und kleine Meister,
Doch prüft' ich selten recht die Geister.

„Ihr Meister! führt mich zu der Quelle,
Die meiner Seele Frieden schafft,
Und zeiget mir die rechte Stelle,
Und aller Wesen Art und Kraft;
Die Ruthe hab' ich in den Händen,
Wohin soll zuckend sie sich wenden?"

„Daß sich der Brunnen mir entschließe
Der Wissenschaft und der Natur,

Und ich die Göttin selbst begrüße,
Die Göttin, nicht ihr Trugbild nur!"
Sie haben Worte mir gegeben;
Doch in den Worten war kein Leben.

Da ward mir's enge im Gemüthe,
Ich fühlte Pein und Widerstreit;
Mir dorrete des Geistes Blüthe
Und jedes Sinnes Heiterkeit;
Als so sich alle Kräfte lösten,
Kam eine Stimme, mich zu trösten.

„Was drängst du dich an leere Namen?
Das Eitle geht dem Eitlen nach,
Suchst außer dir der Weisheit Samen,
Und hältst die Demuth gar für Schmach?
Auf, forsche nur bei Lust und Schmerzen
Die Wahrheit still in deinem Herzen!"

„Und lernst du dich nur selbst verstehen
Und bist nicht fremd im eignen Haus,
Hier wirst du manches Wunder sehen;
Hier theil' ich die Orakel aus,
Und die verworrenen Gestalten
Des Lebens will ich dir entfalten".

Behalte gläubig das Vertrauen!
Entschwund'ne, wie die ferne Zeit,
Hebt mit andächtigem Beschauen

Sich auf vor dir in Wirklichkeit;
Das Heilige in dem Gemeinen,
Der Geist der Welt wird dir erscheinen.

Des Menschen Sehnsucht.

So ist der Mensch: Ein längst vergeßnes Wort,
Ein Bild, ein dürftig Zeichen ihm vor's Ohr,
Vor's Auge, vor des Innern Geist gerückt,
Des Orts, der Zeiten trauliche Verwandtschaft
Frischt Altes, jüngst Verwischtes wieder auf,
Und tausend neue Bilder treten ihm
In jugendlichem Reize vor den Geist.
Aus ihrer Asche lebt die Leidenschaft,
Die längst verglommene, ein Phönix, auf,
Und reißt ihn mit erneuter, starker Gluth
Auf ihrem Pfade fort; der Alpensohn
In fernem Lande hört nach Jahren wieder
Den wohl bekannten Reigen; süß bethört
Sieht er der Kindheit Tage neu entblüh'n;
Es weckt ein Sinn den andern wunderbar.
Ein reineres, ein schön'res Blau umfließt
Und frisch'res Grün umduftet ihn, wie einst.

Er hört das Läuten seiner Kühe, sieht
Am Felsenabhang seine Ziegen klettern,
Und ihn ergreift mit süßem Weh'n der Heimath
Gewaltige Begier; es wächst die Flamme
In raschen Gluthen hoch und höher auf;
Fort muß er, oder langes Harms versiechen.
So ist der Mensch; an Bild und Zeichen hängt
Sein Wohl und Weh'; in Zeichen hüllte selbst
Die ew'ge Güte sich, und that uns so,
Den engbeschränkten, ihrer Liebe Sinn
Und ihrer hohen Weisheit Wunder kund;
Und, was wir wissen und versteh'n, ist Bild.
Er nur, der Ew'ge, Unvergleichbare,
Der aus dem Sichtbar'n, der Unsichtbare,
Aus dem Vergang, der Unvergängliche
Aus Zeichen spricht, der Unbezeichnete.
Er nur ist Wesen, Wahrheit, Seyn und Licht,
Und wir die Funken seines Lichts, und Töne
Der heiligen, der großen Harmonie.
Es strebt hinauf der Funke zu dem Quell
Des Lichts, aus dem er stammt; es suchet sich
Das Zartverwandte, das Getrennte liebt
Vereinigung, von Liebe süß gedrängt,
Und aus der Tiefe reißt's uns in die Höhe.
Das Wandelnde ringt nach dem Bleibenden;
Der Heimath zu mit Geisterarmen strebt
Das noch Gebundene. Wann sinkt die Fessel, wann
Erscheint dem Aug' in sonnenreiner Klarheit
Der große Tag der königlichen Wahrheit?

Stiller Sinn.

Fromm, mit liebendem Gemüthe,
Fest vertrau'n der ew'gen Güte,
 Ob der Erde Stürme weh'n, —
In des Lebens irrem Treiben
Stets muß doch dies Eine bleiben,
 Ohne Wank muß es besteh'n.

Wenn ich Nachts gen Himmel schaue
Nach der sternbesä'ten Aue,
 Wo die Wunderblumen blüh'n,
O wie fühl' ich mich beschwichtigt,
Und den irren Sinn berichtigt,
 Nur von reinen Flammen glüh'n.

Schöne Bilder aus der Ferne,
Steh'n sie da die goldnen Sterne,
 Bilder der Beständigkeit,
Bilder sonnenlaut'rer Klarheit,
Ewig unverrückter Wahrheit,
 Seliger Zufriedenheit.

Traue nur der ew'gen Güte!
Diese reine Himmelsblüthe
  Blüht auch in der rauh'sten Zeit.
Rosen mögen sich entfärben,
Andre Blumen mögen sterben,
  Bis sie spät der Lenz erneut.

Erde muß, was irdisch, erben,
Diese Blüthe kann nicht sterben,
  Unvergänglich ist ihr Mal.
Traue nur der ew'gen Güte!
Treu im liebenden Gemüthe
  Zeigt sie dir sich ewig neu.

Maigewitter.

Schwüles Gewölk zieht
Um die Berge hin; mit des Waldes Dunkel dort,
Wo durch den Forst
Niederstürzet der Steig,
Mischt es die Schatten,

Wie sich Heere rüsten zum Streit,
Rüsten die Wolken sich zur Schlacht.
Der Blitze Schlangen zucken schon röthlich-weiß
Mit geflügelter Eile durch die Himmel dahin.

Fernher schallen schon Donner
Und der Berge Wiederhall
Braust aus der Tiefe sie zürnend zurück.
Aber unter die Erde
Hingegossen liegt sie im Blüthenschmuck
Im Rausche der Liebe,
Frühlingsbegeistert,
Wie Semele
Erwartet freudig sie
Den donnerfrohen, den herrlichen, den olympischen
Gott,
Und recket die Arme aus
Nach dem Umschlingenden.

An meinem Geburtstage.

Den 28. Oktober 1814.

Jahre führende Sonnen sind mir manche
Schon entschwunden; des Schönen und des Edeln
Strahlte Vieles mir, doch Gewölk umtrübte
   Oefter das Heitre.

Daß die Freude sich in das Dunkel fortschlich;
Daß umnachtendes Leid mein Innres faßte,
Und den säumenden Freund des Lebens oft ich
   Rufte, den Tod mir.

Leid an Urnen, geliebten, theuern Urnen!
Leid, noch herberes (denn mit theuern Todten
Wird gelebt noch) um Deutschlands tief gesunkne
   Ehr' und des Räubers;

Seiner Ehre Vergött'rung, um des Stolzen
Kühn aufwachsendes Glück, wie's auf den Trümmern
Unsers Ruhmes sich hob, die wir, o Schande!
   Groß ihn geschmeichelt.

Doch heut' sey es vergessen, Leid und Ingrimm!
Mit dem köstlichsten Nektar sey der Becher
Mir gefüllt! Der Wiegenfeste schönstes
　　Ist mir erschienen.

Klinget, Freunde, mit an den wackern Kriegern!
Klingt dem heiligen Bund erwachter Fürsten,
Die veraltete Schmach im Blut der frechen
　　Höhner gewaschen.

Heldentage vor Leipzig seyd gefeiert!
Feld, den Musen geweiht, mit immer frischem
Musenlorbeer vereint schmückt jetzt dich ewig
　　Lorbeer der Schlachten.

Daß der Moloch, in dessen Eisenarmen
Tausend starben der Bräutigame Deutschlands,
Tausend starben der Jünglinge und der Männer,
　　Endlich gebeugt ward,

Daß, herzloser Erob'rer, finst'rer Dämon,
Dir, blutlechzender, deine Macht gebrochen,
Deine klirrenden Fesseln von der Deutschen
　　Armen gelöst sind.

Conz.

Jubel dessen bei'm hochgeschwung'nen Becher!
Jubel, Jünglingslust! Triumph! O schön ist's
Jetzt zu leben auf's Neu'! Beglückt, wem Jüng-
\> lings-
Tage noch blühen!

Dir, Viktoria, rasche Flügelgöttin,
Sey gespendet dies Naß! Verlaß uns nimmer!
Treu dem Rechte, verleih', daß der Gesunk'ne
Nimmer erstehe!

―――――

Der Hain der Eumeniden.

Ein heilig Dunkel füllet den ernsten Hain;
Voll Andacht schweige, wer sich dem Haine naht,
Dem unbetret'nen, stillverehrten,
Daß nicht die Jungfrau'n des Haines zürnen.

Wer sind die furchtbar heil'gen Jungfrauen?
Es sind die schrecklich blickenden, gnädigen
Und strengen Eumeniden, sind die
Töchter des Erebus und der Erde.

Sie walten hier, sie walten und schauen hin
Allgegenwärtig; hinter dem Frevler rauscht
　　Ihr schneller Fittich, Mord und Unthat
　　　　Späh'n sie, gewaffnet zum Strafgerichte.

Sie zürnen nur dem Bösen, ihr Rächerarm
Faßt nur das Laster; wär' es dem Angesicht
　　Der Welt verborgen, doch ereilet
　　　　Auch das Verborg'ne gewiß ihr Auge.

Wer reine Hände hebt zu den Heiligen,
Ein reines Herz erhebt zu den Heiligen,
　　Den unbefleckten, o dem lächelt
　　　　Gnädig ihr segnendes Antlitz nieder.

Sie folgen ihm in's einsame Schlafgemach,
Sie wecken ihn den kommenden Morgen auf,
　　Und rüsten seine Hand zur guten,
　　　　Freudigen That, so die Pflicht gebietet.

Auch wenden sie vom reuigen Sünder weg
Ihr zürnend Antlitz; heiße Gebete, mehr
　　Die Flucht des Lasters und der beß're
　　　　Wandel versöhnen dich ihnen wieder.

Was scheuet ihr die Hehren, ihr Sterblichen?
Verehret sie und lernet von den Göttinnen
　　Die ew'ge Schrift in eurem Busen
　　　　Achtend erkennen und fromm befolgen.

Ein heilig Dunkel füllet den ernsten Hain,
Voll Andacht schweige, wer sich dem Haine naht,
　Dem unbetret'nen, stillverehrten,
　　Daß nicht die Jungfrau'n des Haines zürnen.

Menschenleben.

Ein Räthsel sey, ein Irrgewind das Leben?
So haben Weis' und Thoren viel geklagt,
Wo mag der Faden Ariadnens schweben,
Der aus dem Labyrinthe führt? Wer wagt
Des Räthsels Wort uns offenkund zu deuten,
Und aus dem Netz befreiend uns zu leiten?

Durchbalsamt von der Jugend Aetherdüften,
Von ihrem zarten Morgenhauch durchquellt,
Weilt, wie auf wunderbaren Himmelstriften,
Der junge Geist auf der ihm neuen Welt,
Am bunten Schmelz der wechselnden Gestalten;
Er möchte sie so gern auf ewig halten.

Da nah'n heran die ernsten Männestage;
Es fühlet sich von läst'gem Band das Herz
Schwer eingeengt, und manche saure Plage
Verwandelt jetzt die vor'ge Lust in Schmerz;
Der frische Duft des Morgens ist zerronnen,
Die Luft wird schwül, es kommen trüb're Sonnen.

Des Zaubers Reiz weicht bald vor dem Ge-
  meinen,
Alltäglichen der starren Wirklichkeit;
Gespenster sieht dein Auge bald erscheinen,
Wo selige Gestalten dich erfreut.
Umsonst hinauf blickst du nach jenen Höhen;
In Tod will fast das Leben untergehen.

Hohn wird und Trotz dem Edelsten geboten,
Am off'nen Tag tobt zügellos die Macht;
Wo sie nicht hilft, flicht ihre Schlangenknoten
Die List, gehüllt in trügerische Nacht;
Die Falschheit strebt, sich selber zu vergöttern,
Und in den Staub das Recht hinab zu schmettern.

Wer rettet uns vor'm eigenen Geschlechte,
Das, wie sich selbst, so mühvoll andre plagt?
O, wer zerstreut vor mir die trüben Nächte,
Und bannt den Gram, der meine Brust durchnagt,
Daß vor den rauhandrängenden Gewalten
Ich doch mir selbst mich dürfte treu erhalten?

Die Wahrheit ist's, die Schönheit, ihre Schwe-
       ster,
Mit jungem Maienlichte angethan,
Sie zieh'n in sich die Seele wieder fester,
Und machen so dem eignen Frieden Bahn.
Religion mit ihren Götterhänden
Muß der Versöhnung heil'ges Werk vollenden.

Geebnet sind des Streites wilde Wellen,
In neuer Klarheit siehst du bald die Welt,
Und Luft und Erd' und Alles sich erhellen,
Wenn in dem Kampf die eigne Lust nun fällt,
Und hast du die und so dich selbst bezwungen,
Ein Himmel ist aus deiner Brust entsprungen.

Ihr sel'gen Drei, aus Gottes Licht geboren,
Wer an sein Herz euch brüderlich gedrückt,
Wer dort euch fromm die Freistatt hat erkoren,
Mit eurem Kranz sich seine Schläfe schmückt,
Ist auf des Lebens nachtdurchgrauten Straßen,
An eurem Licht vom Lichte nicht verlassen.

Im Zeitensturm fest steht er ohne Wanken,
Zur Höh' hinauf gerichtet seinen Blick,
In's Sonnenreich der göttlichen Gedanken,
Und Sorg' und Klag' eilt hinter ihn zurück;
In dieser Hut, wie's unter ihm auch stürmet,
Sein Köstlichstes, sein Glaube, bleibt geschirmet.

Abendphantasie,

nach einem schwülen Sommertage.

Die Sonne sank, bangdrückende Schwüle goß
Sie um den Tag her, machte die Blumen der
    Empfindung, machte deine Blumen,
      Lächelnder Phantasus, alle welken.

Du nahst heran mit stärkenden Labungen;
Willkommen sey, ambrosischer Abend, mir!
    Von deinem Flügelschlag gehoben,
      Hebet sich neu mir der Seele Flügel.

Und was beherrscht ward, herrschet in mir, und hat
Sein Recht, und schaut mit nimmer gebund'nem
                Blick'
    Hin durch der Schöpfung Weite, die sich
      Dankend und feiernd mit mir emporhebt.

O stiller Geist, urheiliger, reinerer
Natur! Willkommen, ihr säuselnden Lüfte, wer
　　Gab', euch verstummten euern Athem,
　　　　Erde, dein milderes Licht dir wieder?

So rückt die Leidenschaft den entwürdigten,
Umwölkten Geist, die Dämpfe verfliegen, wann
　　Mit ihrem stillen Mondenschimmer
　　　　Weisheit am Arme des Friedens winket.

Du wandelst dort, Selene, in herrlicher
Bescheidner, still genügsamer Glorie,
　　Und deine Silberleuchtung theilet
　　　　Freundlich die Wellen des nahen Stromes.

Der Bäume Wipfel tönen von Melodie'n;
Halb Trug, halb Wahrheit schwärmen Gestalten
　　　　　　durch,
　　Ein Bild des Lebens; immer wechselnd
　　　　Kommen und geh'n sie, wie uns're Freuden.

Hat ihres Friedens schöne Geheimnisse,
Des mildern Reizes bessere Segnungen
　　Hier die Natur verbreitet? Sichtbar
　　　　Wallt die Unsichtbare durch die Dämm'rung.

Hörst du die Geistertritte? Der Gang ist Gang
Der Gottheit; Götternähe verkündet mir
  Der reine Duft; in Duft und Ahnung
    Schwebt und in magischem Glanz mein Wesen.

Wo von der Büsche dämmernden Wölbungen
Umschirmt, der Strom sich krümmet, da tauch' ich mich
  Hinunter jetzt! In deinem Lichte
    Theil' ich, Selene, mit dir die Wellen.

Den Reinen ziemt das Reine; vom Quelle soll
Die erste Spende dein, o Selene, seyn;
  Die zweite dein, Najade, die mich
    Lächelnd umschlingt, und umschlingend kühlet.

O süße Lust, wie schmeichlerisch über mir
Die Wellen schlagen! Frohe Vergessenheit
  Der Tagesmüden schlürf' ich, sauge
    Süßer nach drückender Last die Wollust.

Unreine Schönheit! Wann dem entbundenen,
Dem fesselfreien Geiste dein Quell sich voll
  Entschließet, nur in deinem Schooße
    Werd' ich entzückter dereinst mich fühlen.

Luther.

Der Weltkunst schon die Sinnen zugewendet,
Wallt über Land dort mit dem Freund der Freund
Bei heitrer Luft, als Dunkel sie umränbet,
Und wolkig jetzt und trüb' der Himmel scheint.
Ein Wetter, von den Bergen hergesendet,
Mit dem bald Sturm und Hagel sich vereint,
Bricht los, verschlingt den Tag, wo durch die Engen
Des Thals sich nur die Blitze hellend schlängen.

Als Beide jetzt die Tritte rasch beflügeln,
Ob nicht ein Dach zum Schirm sich ihnen beut,
Indeß die Donner rollen von den Hügeln,
Und Furcht dem Grau'n grau'nvoll're Farben leiht,
Und Hand in Hand den Bund die Freunde siegeln,
Dem sie für Tod und Leben sich geweiht,
Da zuckt ein Blitz schon durch den Himmel wieder,
Und schlägt den Freund zu Luther's Füßen nieder.

Erschüttert steht bis in das tiefste Leben
Jetzt der; doch als den Schrecken Muth bezwang,
Ruft betend er: „Wer will ihm widerstreben?
Er ist der Herr, auch herrlich bleibt sein Gang
Im Todesgrau'n, ihm will ich mich ergeben.
Mein ganzes Leben sey ihm Preisgesang!"
— Die ernste Stunde ward dem Bund der Treue,
Zum großen Werk die furchtbar hehre Weihe.

Und dieser Blitz — er hat die Erd' entzündet,
Hat neu gestärkt, wo er mit Macht erschüttert,
Heilbringendes hat er der Welt verkündet,
Befruchtend sie mit Segenskraft durchwittert,
Das Fremde scheidend Gleiches sich verbündet,
Befreundet so in Lieb', als Haß erbittert,
Um durch verschiedner Kräfte Zwist und Streiten
Dem Lichte neu die Siegsbahn zu bereiten.

Was rein du wolltest, Luther, wird bestehen,
Wird trotzen selbst der Höllenmacht Verheerung,
Was Menschen menschlich wirkten, mag vergehen;
Es trug in sich den Samen der Zerstörung.
Ob wild um ihn die Zeitenstürme wehen,
Der Baum aus Gott zu ewiger Verklärung,
Er wächst und wächst voll Blüthen und voll Früchte,
Und schattet weithin durch die Weltgeschichte.

In diesem Geist doch schwören deiner Fahne
Wir Huldigung, Held Gottes, daß dein Wort,
Das göttliche, zum Göttlichen uns mahne,
Und kräftige zur Wahrheit fort und fort,
Uns scheidend von des Dünkels trübem Wahne
Hinführe zu der Wahrheit heil'gem Hort,
Nicht Namen sollen uns, nicht Worte binden,
Dein heller Geist zu hellerm Geist entzünden!

Andenken.
1794.

Eine Strecke des Weges durch das Leben
Hast du, Guter, mich jüngst geleitet, hab' ich
Dich geleitet, und nun gingst du den Weg, der
    Nimmer zurückführt,

Den umnachteten Weg des Todes, der Alle
Früher, später der schönen Sonn' entwinket,
Wie's die Parze beschließt. O seyd ihm freundlich,
    Götter des Hades,

Meinem Kallias! Reif zur Freundschaft waren
Uns're Seelen bereits, zur Wechselliebe
Schlossen beide sich auf; da rauschten deine
   Pfeile, Verhängniß!)

Folgen über die Urnen, Theurer! soll dir
Meine Liebe, die deine von den Urnen
Mir begegnen; der Herzen schönen Einklang
   Hemmet der Tod nicht.

Geisterbündniß besteht, der Liebe Hauch ist
Ewig; waltet, wo Zeit nicht und nicht Raum
   knüpft.
Lehren soll mir dein Tod des Lebens Ernst und
   Milde verstehen.

Nimm zum Opfer die Locke! Nimm der Myrthe
Still bedeutenden Kranz! Des Weines dunkle
Welle fließe darauf! Nur kurze Tage
   Trennet das Grab uns.

Enge, zarte Vereinung spricht die Locke,
Hoffnung deutet die Myrth', an Urnen Hoffnung;
Und der rinnende Wein der Freud' und Trauer
   Schnelles Zerrinnen.

Hymne an das Licht.

1813.

Selges, göttlich entsprossenes, heiliges, herr-
   liches, Heil dir!
Heil, unerforschte, lebendige, Leben erzeugende
   Kraft, dir,
Weit durch den Aether verbreitet und weit durch
   die Wurzeln der Erde,
Und die freudig erregte Fluth, und selbst durch
   des Abgrunds
Nächtliche Tiefen umher! Sie alle, befruchtet von
   deinem
Samen, zeugen dir froh, verkündend dein himm-
   lisches Wesen.
Deiner Quelle zu nah'n ist Sterblichen nimmer
   vergönnet,
Aber des Stroms sich zu freu'n aus deiner Seg-
   nungen Fülle.
Was du mächtig durchwaltest des Alls unmeßliche
   Weiten;

Doch auf der Erde verkläret sich uns dein Segen
            am schönsten,
Wie am liebsten doch greifet der Mensch nach der
            näheren Wohlthat.
Ja, du schmückest zum Garten uns schön die theure
            Behausung,
Wo dein Auge zuerst, dein mütterlich Auge wir
            sahen,
Und erzogen von dir und an dir gereift, wir des
            Lebens
Gaben genießen gemischt, und in Freuden er-
            athmen und Mühen,
Immer beseligt durch dich und hoch in den Mü-
            hen getröstet.
O, wie beglückst du die Erd', und o, wie beglückst
            du die Menschen!
Schön ist's, wenn sich der Morgen erhebt und die
            Fürstin des Tages
Deine Fackel uns bringt in unsterblich erblühenden
            Händen;
Schön ist's, erwachen durch dich, von deinem
            Strahle berühret!
O, wie beglückst du die Erd', und o, wie beglückst
            du den Menschen!
Daß er mit neu gestärketem Muth an des Tages
            Geschäfte
Schreitet und gerne vergißt, was oft ihm die
            Seele beschweret.
Auch der Kummerbeladene dort und der Krankheit
            Gefang'ner,

Die sich härmen auf mühsamem Bett, von dem
            Balsam des Schlafes
Nimmer erquickt, wenn jetzt am Grauen der
            schweigenden Schatten
Wachsend nur steigt ihr Schmerz, und die Bilder
            der Qual, wie Gespenster,
Irr umschweben ihr Haupt, sie sehnen nach dir
            sich, sie hoffen
Lind'rung der drängenden Qual durch dich, und
            du täuschest sie nimmer!
Deines Nahens erquickender Kuß versöhnet sie
            wieder.
Und zerstreuet den Gram, und heitere, lichte Ge-
            stalten
Rufst du, freundliches, holdes, in's Herz den dul-
            denden Armen.
O, wie beglückst du die Erd', und o, wie beglückst
            du die Menschen!

Wenn, von flammenden Rossen getragen, du
            höher und höher
Wandelst am Himmel einher; und die Flur, ein
            Tempel der Gottheit,
Als von der Hohen lebendigem Strahl durchschim-
            mert, sich aufthut,
Wenn die Gebirg' umdampfenden Nebel erschmel-
            zen in deiner
Herrlichen Gluth, und der Thau in tausendmal
            tausend verjüngten

Sonnen flimmert empor, da reget das freudige
            Wild sich.
Siehe! die Schenkel durchzucket von dir, die höchste
            der Klippen
Hat schon ersprungen die muthige Gems, und
            schauet nach dir aus,
Und der König der Luft braus't jetzt mit gewal-
            tigem Fittich
Ueber ihr hoch einher, und schwelgt in den Lüften
            des Aethers.
Laut jetzt werden die Stimmen der Berg' und die
            Stimmen der Thale,
Und die Bäche, sie jauchzen darein, als freuten
            sie trunken
Deines berührenden Kusses sich all' in brünstiger
            Liebe.
Doch am holdesten feiern dein Lob die Bürger
            der Zweige
Mit der Kehle Musik in wunderbar klingenden
            Weisen;
Sie, die freundlichen Kinder, entstammt aus dir,
            die beschwingten
Lichten Bewohner der Auen der Luft, wie ver-
            künden sie herrlich
Deine befruchtende Kraft, und zeugen dem himm-
            lischen Samen,
Den sie tragen von dir, mit der regeren Fülle
            des Lebens,

Conz.   3

Mit der Flittiche Glanz, die vielfach gefärbeten,
bunten,
Mit dem behenden, dem flatternden Sinn, unbe-
schränkt von der Sorge,
Wie in dir nur leben die hell umschauenden,
deiner
Regel getreu, erwachend mit dir und in Schlum-
mer versinkend,
Wenn du sinkest zur Stunde des stierentspannen-
den Abends!
Auch die Pflanzen, wie feiern dein Lob mit hol-
dem, beredtem
Schweigen nicht all', und du hütest sie treu in
der friedlichen Enge.
Sehet die Blumen, Geschlechter gereiht an Ge-
schlechter, wie Heerden
Ueber die Berge verstreut, und weit durch die
üppigen Thale,
Ueppig im Schmuck der bescheid'nen nur, und in
Gärten verpflanzet
Durch die pflegende Kunst, sie weiden im himm-
lischen Lichte
Alle so gern. Wie heben die sehnsuchttiefenden
Häupter
Nahendes, selges, dir sie nicht mit dem Morgen
entgegen!
Mächtiger Zug ja doch, der hold sie entlocket der
Erde,
Dort aus dem Bette der dunkelen Nacht, wo in
Samen gehüllt noch

Einsam die Orgien ihrer Geburt, verborgen sie
feiern!
O, wie sie hangen an dir, mit den kindlich lieben-
den Augen,
Treu, die frommen, der Mutter und treu dem
Vater, dem Aether!
Was den Thieren voraus die Natur durch rege-
behenden
Sinn gab, hast du den zarten ersetzt durch Tugen-
den andrer
Art, durch Farbe, durch Glanz und die leisung-
strömenden Düfte.
O, wie beglückst du den Menschen, und o, wie be-
glückst du die Erde!

Auch in die nächtlichen Klüfte der Erd', in der
alten Gebirge
Höhlen, wo tief in unnahbar'n Behausungen sin-
nend die Geister
Walten der bildenden Mutter Natur, mit ver-
borgenen Händen
Wirkend ihr ew'ges Werk, in die fernabsinkenden
Schachten
Dringest du noch, und webest dich ein den Schich-
ten der Felsen,
Deines Glanzes Ströme dem Stein aubildend,
daß herrlich
Und in köstlicher Farben Gepräng' aufschimm're
der edle,

Jezt am Finger und jezt am Halse der blühenden
    Jungfrau
Glänze der schöne Topas, und dort der Rubin,
    der Smaragd dort,
Und in der Krone der Königin prange der König,
    der Demant.
O, wie beglückst du den Menschen, und o, wie be-
    glückst du die Erde!

Als noch im gährenden, feindlichen Kampf der
    Urelemente]
Unter dem Zwang chaotischer Nacht dumpfbrütend
    die Welt lag,
Und in der Kräfte Gemeng' sich mit Riesengewal-
    ten befehdend,
Wilde Geburten nur zeugt', ungeregelt, unförm-
    liches Wustes,
Regtest du, selig verborgenes, doch die göttlichen
    Schwingen,
Schon vorbildend die schöne Geburt harmonischer
    Welten;
Doch als das Streitende friedlich jezt band all-
    mächtige Liebe,
Und Eintracht sich erhub aus langer, verzehrender
    Zwietracht,
Als an dem Aether die Sonnen herauf im geson-
    derten, hohen
Lichte schritten, die Fackeln der Welt und die
    Ströme von dannen,

Die befruchtenden, gold'nen, sich weit durch die
        Himmel ergossen,
Und mit entzückendem Schmerz der Lebendigen
        Augen du trafest.
Welche selge Wonn' hast du durch die Erde verbreitet,
Daß sie ein Tempel dir ward, und der Mensch,
        an deinen Altären
Dein Geheimniß zu feiern, dein erster, dein seliger
        Priester!
O, wie beglückst du die Erd', und o, wie beglückst
        du den Menschen!

Ja, der Segnungen viele verleiht dein göttlicher Strahl ihm.
Schon sein Gebild zeugt dir mit der hochaufstrebenden Stellung,
Die dich suchet und freudig ergreift, wo du immer
        ihm nahest.
Sieh'! die Pforten des Haupts, die weithin strahlenden Augen,
Die, das Nah' und das Fern' anhaltend, in Bildern der Seele
Senden, sie zeugen, wie herrlich! von dir. Aus
        dem nämlichen Wesen,
Aus dem gleichen mit dir, hat die Mutter Natur
        sie gebildet;
Wären sie dir nicht verwandt, wie könnten sie dich
        und in deinem

Glanz die Wundergestalten, die tausend und tausend, die immer
Aendernden, nahen und fernen der heiligen Isis
erkennen!
Ja, in dich, mit der Erde gemischt und der Luft und dem Wasser,
Den Urstoffen der Welt, hat, wie die Lebendigen alle,
So den Menschen vor Andern getaucht im Uranbeginne
Die unaussprechliche Kunst der ewig verschleierten Göttin.
Seine Kräfte durchreget dein Geist, dein elektrischer Hauch blitzt
Tief ihm vom sinnigen Haupt, durchflammet das Mark ihm des Lebens,
Zuckt aus der Muskel Kraft, aus der Arm' und der Schenkel Bewegung.
O, wie beglückst du die Erd', und o, wie beglückst du den Menschen!
Ja, am herrlichsten strahlst du dich ab in des Sterblichen Seele,
Der, getroffen von dir, erkennend und freudig sich selber
Seiner bewußt, umschaut, entzückt von den Wundern der Allmacht;
Wenn er die Augen erhebt zum nächtlich bestirneten Himmel,
Wo die Bilder des Ewigen steh'n, in nimmer verrückten

Bahnen, die ewigen Lichter, die Myriaden der Sphären
Feiern den seligen, rhythmischen Chor zum Preise des Weltgeist's.
Wie erhellt und erhebt nicht sein Herz der unendliche Lichtkreis!
O, wie reden zu ihm nicht die Flammengedanken der Gottheit
Aus dem harmonischen Schwung, befeuernd sein Wollen und Denken,
So des Lebens verwirrete Bahn mit Ernste zu ordnen
Nach der hehren, die hier irrlos und unendlich sich aufthut,
O, wie beglückst du die Erd', und o, wie beglückst du die Menschen!

Seliges Licht! Abbild vom ewigen Lichte dort oben!
Wie erhebst du den Menschen und regst des Herzens Orakel
Zu lebendigem Wort und den Geist zu hellem Gesicht auf,
Wenn er, von deinen Strahlen geführt, vor den Wundern der Allmacht
Selbst sich, das erste der Wunder, verliert in der Fluth der Betrachtung,
Wenn er vor allen Erschaff'nen der fest gegründeten Erde
Sich beschauend im Spiegel des All's dein Göttliches wahrnimmt,

Und an dem Lichte der Erd', an dem deinigen
ahnet dein Urbild,
Jenes selige, das in den Gärten des Himmels
erblühet,
Das nicht Schranke beschränkt, kein Nebel betrübt,
und die Nacht nicht
Kann erlöschen, das ewig sich selbst wie die Wel-
ten erleuchtet!
Ja, du heilige Kraft, unerforschlich unsterbliche,
höchste!
Wem, vom Nebel des Wahnes befreit, dein himm-
lischer Tag scheint,
Wem die gleiche Natur das Gleiche berührt, wenn
im Geiste,
Geistiges, seliges, also du nahst, als Sonne des
Wahren,
Schönen und Guten und Heiligen nahst, die
reinste der Wonnen
Hat er auf Erden gepflückt und empfangen die
Weihe des Lebens.
Was auch Banges die Erde noch drängt, wo un-
bändige Selbstsucht
Ihr gorgonisches Haupt aufstreckt zu den Wolken
und, trotzend
Auf die unsichere Macht, des Rechtes Altar' und
der Freiheit
Niedertritt und heuchlerisch selber dich, Religion,
nur
Schändend zum Frohn entweiht der frechen un-
mäßigen Ehrgier,

Wenn sie, vom täuschenden Glücke geschwellt (im Bunde mit Tugend
Dau'rt nur das Glück), hohnjauchzend daher auf Hügeln von Todten
Ueber versengte Gefild' und rauchende Trümmer von Städten
Ras't, ungerührt von der Tausenden Noth und der Sterbenden Röcheln,
Daß nur Einem huldig' in Staub gebeuget der Erdkreis,
Eines Name nur werde von allen Landen vergöttert.
Was noch Entsetzliches plagt die Welt, was verworf'ner Begierden
Aufruhr schände die Welt, verkaufend den Menschen dem Elend,
Alle die schrecklichen Bilder sie flieh'n vor'm Auge des Weisen,
Der im Lichte des Ewigen schaut, in den Busen der schwarzen
Nacht, die sie zeugte, zurück in die dunkele Tiefe des Abgrund's,
Wie Phantome des Traum's, die bangaufschreckenden, fliehen,
Wenn der Morgen erscheint, und der Sonne Gewalt sie zerstreuet.
Ja, wir halten an dir, fest wie am Apfel des Auges,
Himmlischer Glaube! Nie soll in uns erlöschen dein Leuchten.

Wie schon das irdische Licht obsiegt den Schatten
 der Erde,
Das ein Bild nur, ein Schatte nur ist vom un-
 endlichen, herrlich
Muß obsiegen gewiß das wesentliche, das hohe,
Aus sich selber Geborne, der Nacht in dem Reich
 der Gedanken,
Was auch der finsteren Mächte Gewalt, umgrauend
 die Erd' oft,
Peinige noch und dem wachsenden Strahl anren-
 nend begegne;
Einst wird kommen der Tag und in reich ausströ-
 menden, goldnen
Fluthen der Morgen herauf der große des Ewigen nahen,
Wo nur die Sonne des ewigen Lichts wird herr-
 schen in Allem,
Und der verhüllete Gott sich wird unaussprechlich
 enthüllen.

Todtenfeier.

Den Manen der für's Vaterland Gefallenen.

Erste Stimme.

Wie ist's so feierlich still! Im Kreise der heil'gen
    Altäre
Steh'n wir; den Rosen gesellt schön sich der
    Lilien Duft.
Waffen prangen umher; Sinnbilder verschlunge-
    ner Hände
Winken. Schwerter gesenkt! Fahnen zusammen
    gerollt!
Wie ist's so feierlich still! Im Kreise der heil'gen
    Altäre
Steh'n wir; mit Blumen geschmückt sind sie;
    doch hanget herein
Die Cypresse, die düsterlich mahnende; Trauer-
    erinn'rung
Regt den Busen uns auf; doch durch die Wolke
    des Ernst's

Wie schon das irdische Licht obsiegt den Schatten
der Erde,
Das ein Bild nur, ein Schatte nur ist vom un-
endlichen, herrlich
Muß obsiegen gewiß das wesentliche, das hohe,
Aus sich selber Geborne, der Nacht in dem Reich
der Gedanken.
Was auch der finsteren Mächte Gewalt, umgrauend
die Erd' oft,
Peinige noch und dem wachsenden Strahl anren-
nend begegne;
Einst wird kommen der Tag und in reich ausströ-
menden, goldnen
Fluthen der Morgen herauf der große des Ewigen nahen,
Wo nur die Sonne des ewigen Lichts wird herr-
schen in Allem,
Und der verhüllete Gott sich wird unaussprechlich
enthüllen.

Todtenfeier.

Den Manen der für's Vaterland Gefallenen.

Erste Stimme.

Wie ist's so feierlich still! Im Kreise der heil'gen
     Altäre
 Steh'n wir; den Rosen gesellt schön sich der
     Lilien Duft.
Waffen prangen umher; Sinnbilder verschlunge-
     ner Hände
Winken. Schwerter gesenkt! Fahnen zusammen
     gerollt!
Wie ist's so feierlich still! Im Kreise der heil'gen
     Altäre
 Steh'n wir; mit Blumen geschmückt sind sie;
     doch hanget herein
Die Cypresse, die düsterlich mahnende; Trauer-
     erinn'rung
 Regt den Busen uns auf; doch durch die Wolke
     des Ernst's

Streift hellstrahlendes Licht, und erhebende große Gedanken
Drängen in's Ferne zurück herber Erinnerung Last.

Zweite Stimme.

Feiert die Todten, im Kampf für das Recht und die Ehre Gefall'nen!
Feiert die Todten, wie schön sind sie mit Wunden geschmückt!
Wie glorreich ist ihr Tod! Nach flüchtigen Schmerzen, wie trug nicht
Zu sein himmlisch Gezelt herrlich der Ruhm sie empor!

Chor.

Feiert die Todten, im Kampf für das Recht und die Ehre Gefall'nen!
Feiert die Todten, wie schön sind sie mit Wunden geschmückt!

Dritte Stimme.

Habt Dank, edle Genossen des Siegs! Mit den Helden der Vorzeit
Nennt euch, Spätere, jetzt ferneres Enkelgeschlecht.

Zu den Thränen der Liebenden legt die Ehre den
   Lorbeer,
Und er grünet beträuft schöner von ihnen her-
   auf,
Und durchstrahlet die Zeit. O heilige Weihe des
   Lebens!
Tod für das Heimathland! Tod für das heilige
   Recht!
Weihe des schöneren, das, obsiegend dem irdi-
   schen, weithin
Glänzt, und zu That noch spät ferne Ge-
   schlechte befeu'rt.
Edles Sterben errang den Helden Unsterblichkeit;
   Mütter,
Trocknet die Thränen, und du, trock'ne die
   Thränen, o Braut!

Chor.

Edles Sterben errang den Helden Unsterblichkeit;
   Mütter,
Trocknet die Thränen, und du, trock'ne die
   Thränen, o Braut!

Vierte Stimme.

Einen Stolzen kannt' ich; ihm träumt' es, als
   beugten die Völker.
Und die Fürsten der Welt, huldigend rings sich
   vor ihm,

Nähmen die Krone vom Haupt, und setzten sie ihm auf die Scheitel,
Und hoch ragte die ihm bis zu den Wolken hinauf.
Wie ein Gewitter durchras't er die Erd', und, wo er mit eh'rnem
Fuß hintrat, da versank unter ihm Leben und Heil.
Tief aus der untersten Tiefe, o Fluch...

Fünfte Stimme.

Still! Hemme die Rede,
Und bei des Heiligen Fest nicht das Unheil'ge genannt!
Aber preiset den Gott, den Starken, den Herrlichen! Nimmer
Furchtbar ist, wer ihn nicht fürchtet! Erhebe sein Lob!
Die des Maßes vergessen, die Frechen, er stürzt in die Nacht sie,
Und des Tyrannen Glück dort auf sein Winken dahin.

Chor.

Die des Maßes vergessen, die Frechen, er stürzt in die Nacht sie,
Und des Tyrannen Glück dort auf sein Winken dahin....

Sechste Stimme.

Welcher die Völker erweckt und der Herrschenden
   Rath hat gelenket,
Und gefestigt ihr Herz, ihnen den sicheren Arm
Mit nicht wankender Stärke gegürtet, der Könige
   König
Lobet, ihr Völker, und nie schweig' euch im
   Herzen der Dank!
Der den Frieden uns sandt' und unsere Schmach
   hat gewendet,
Und der Thränen so viel löscht und die Wun-
   den uns heilt!
Danket dem Herrn! das ist löblich und recht!

Eine Stimme aus dem Chor.

   Wie sollen dem Herrn wir
Danken?

Siebente Stimme.

  Durch Eintracht dankt und durch der
   Herzen Verein,
Durch demüthige Liebe zu ihm, durch Wahrheit
   und Stärke,
Wahrheit gegen uns selbst, gegen den Freund
   und den Feind.

Chor.

Durch Eintracht ihm gedankt, durch Demuth,
                    Wahrheit und Stärke,
Wahrheit gegen uns selbst, gegen den Freund
                    und den Feind!

Achte Stimme.

Laßt die Todten jetzt ruh'n! Sie wirkten sterbend
                    dem Leben;
Ernten zeitigt ihr Tod weit in das Leben hin-
                    aus.
Diese Blumen, dies heilige Naß noch spendet den
                    Edeln!
Leben laßt uns, wie sie, sterben auch, gilt es,
                    wie sie.

Chor.

Leben laßt uns, wie sie, sterben auch, gilt es,
                    wie sie.

Gesanges-Macht.

Der Sänger zieht am Liederfeste
  Mit wonnetrunk'nem, heiterm Blick,
Bewundert von dem Schwarm der Gäste,
  An Ehrengaben reich zurück.
Ihn trägt ein Roß voll Muth und Feuer,
  Der Hoffnung Farb' ist sein Gewand;
Von rother Schärpe hängt die Leier
  Herab am silberfarb'nen Band.

Noch schwärmen ihm um seine Ohren
  Die Schmeichelreden süßer Frau'n;
In ihrer Reize Mai verloren
  Kann man sein irrend Auge schau'n.
Des Waldes Grund hat ihn empfangen,
  Und in der Tannen Dämmergrün
Zieht recht ein sehnendes Verlangen
  Nach dem Verlassenen ihn hin.

O selig, wer zum Preis des Schönen
　　Die liedersüße Harfe weiht,
Und wen mit des Gesanges Tönen
　　Der Geist der Lieder süß erfreut.
Er trägt sein Glück in seinem Herzen,
　　Und wie er Andre hold entzückt,
Ist unter Freuden, unter Schmerzen
　　Er durch sich selber hoch beglückt.

Jetzt wird des Waldes Dunkel dichter,
　　Und öder rings die Einsamkeit;
Hin sterben schon des Tages Lichter,
　　Matt durch den hohen Forst verstreut.
Da faßt ihn ein unheimlich Grausen
　　Mit einmal ungelegen an;
Verworr'ne Stimmen hört er sausen
　　Seitab von der umengten Bahn. —

Und plötzlich aus dem Dickicht springen
　　Nun Räuber mit gezückter Wehr',
Und Schwerter blinken, Stöße dringen,
　　Und Flüche schwirren um ihn her.
Geraubt wird alle seine Habe,
　　Ihm abgerissen das Gewand;
Die Leier selbst; mit jeder Gabe
　　Der Ehre sieht er sich entwandt.

Und was er fleht um's nackte Leben,
    Unmenschlich schleppen sie ihn fort,
Ihm selber noch den Tod zu geben;
    Die Tiger rührt kein Schmeichelwort.
In seiner Blüthe soll er sterben;
    Des Waldes tiefste Felsenschlucht
Soll ihn verschlingen, ihn verderben,
    Von keinem Menschentritt besucht.

Dem Untergang jetzt zu entrinnen,
    Am Rand der ungeheuern Noth,
Schickt ihm entschlossenes Besinnen
    Und schneller Rettung Rath ein Gott.
Er fleht, er ringt die wunden Hände:
    „Und soll ich sterben? Eines doch
Gewähret vor dem nahen Ende
    Dem unschuldvollen Sänger noch".

„Die Leier, gebt sie mir zurücke!
    Daß ich, nach Sitte, bei Gesang
Zu Gott auf kurze Augenblicke
    Noch sende meines Herzens Dank.
In seine Hut möcht' ich das Leben
    Empfehlen, das mir soll entflieh'n;
In Tönen mög' es dann entschweben
    Zum Schöpfer aller Harmonie'n".

„Ihr zögert? — Brecht dies starre Schweigen!
  Denkt an den Tod, an das Gericht!
Seyd meines Schwanenliedes Zeugen,
  Und weigert mir die Bitte nicht!"
Sie reichen finster ihm die Leier,
  Und schließen dicht um ihn den Reih'n,
Und er mit wunderbarem Feuer
  Greift in die Saiten muthig ein.

Und wie die Wirbeltöne rauschen,
  Erhebt er schmelzenden Gesang;
Der Wilden starre Ohren lauschen,
  Schon halb erweicht dem Zauberklang;
Und immer süßer rauscht die Fülle
  Des Wohlklangs unter seiner Hand,
Und löset in des Kreises Stille
  Der eh'rnen Herzen rauhes Band.

Als so die Runzeln sich entbreiten,
  Schnell wechselt er so Lied als Klang,
Und stürmt mit einmal in die Saiten
  Beherzten, krieg'rischen Gesang;
Er singt des Krieges freies Leben,
  Des grünen Waldes frische Lust,
Des Mannes unverdroßnes Streben,
  Die brave That entschloßner Brust.

Er singet von den kühnen Recken,
 Die in des Kampfes Ungemach
Die Schande nimmer durfte decken,
 Die mit des Schildes Ehrendach
Die Unschuld wollten frank beschützen,
 Und für sie ließen Gut und Blut,
Daß vor der Heldenwaffen Blitzen
 Erbleichen mußte frevler Muth.

„Nein! solchen Männern ohne Grauen
 Will ich zu sicherm Unterpfand
Mein junges Leben froh vertrauen!"
 Ruft er, den Räubern zugewandt,
„Den frommen Sänger wollt ihr tödten?
 Es war nur Schimpf, was ihr gethan".
Da tritt sie Alle Scham-Erröthen
 Und helle Reue plötzlich an.

Ein wildes Hurrah hört man schallen;
 Ganz umgewendet ist ihr Sinn.
„Zieh', reich begabet von uns Allen,
 Zieh' frei, wie Du's verdienest, hin".
Sie füllen ihm auf's Neu' die Hände
 Mit Geld und Gut im Augenblick,
Und führen an des Waldes Ende
 Ihn im Triumphe froh zurück.

Die Silberhochzeit.

Aus stiller Kammer kommt gegangen
  Die junge Braut, dem Tag erwacht;
Auf dem verschämten Roth der Wangen
  Ruht das Geheimniß schöner Nacht.
Sie steht in ihrer Schwestern Kreise,
  Und senkt den Blick zur Erde, stumm;
Die, nach der Mädchen-Neugier Weise,
  Steh'n forschend still um sie herum.

Sie möchten gerne Manches fragen;
  Doch wieder stockt im Mund das Wort,
Und keine will den Anfang wagen;
  Da reißt die junge Frau sich fort,
Und eilt hinab mit raschen Füßen,
  Wo bald die Laube sie umhüllt;
Die Vögel und die Bäume grüßen
  Mit Huldigung das schöne Bild.

Die Hyacinthen und die Rosen
　Umschlingen sie mit süßem Duft;
Verliebte Weste schmeichelnd kosen
　Um sie aus sonnerhellter Luft.
Sie sitzt und sinnt; jetzt leise nahend
　Blickt dort der Schlummergott herein,
Und, weichen Armes sie umfahend,
　Wiegt er mit seinem Mohn sie ein.

Da sieht voll seltsamer Gestalten
　Sie bald vor dem gebannten Blick
In neuen Bildern sich entfalten
　Ein buntverworrenes Geschick.
Sie geht auf lustig grünen Auen,
　Die dort ein schmaler Pfad verengt,
Wo nackte Felsen ihn umgrauen,
　Vom dürren Mittagsstrahl versengt.

Jetzt nimmt ein Erlenhain sie wieder
　In seine kühlen Schatten auf;
Von allen Zweigen tönt es nieder,
　Und Kinderköpfe steh'n darauf.
Dort sieht sie eine Wiege schwanken,
　Die bald zum Sarge wird; ein Grab,
Das Maienglocken fromm umranken,
　Zieht ihren schweren Blick hinab.

Doch seht! Verwandelt ist die Scene;
 Aus einem ländlich heitern Haus
Sechs frische, aufgeblühte Söhne,
 Sechs junge Frauen geh'n heraus,
Mit Myrthenkränzen in den Locken;
 Sie führt ein ältlich muntrer Mann.
Sie selbst, verwandelt, sieht erschrocken
 Den Mann jetzt, dann die Kinder an;

Hört Mutter sich von diesen grüßen;
 Sie hangen ihr um Hals und Knie.
In Thränen will der Greis zerfließen,
 Naht ihr, und weinend küßt er sie.
Ein Trupp von Enkelchen behende
 Bringt Blumen aus dem Garten dar;
Sie drücken ihr die welken Hände
 Und spielen ihr im Silberhaar. —

Sie ist erwacht. — In frischem Leben
 Steht Alles heute vor ihr da.
So hat sich Alles klar begeben,
 Wie sie's vorlängst im Traume sah.
Drum bringen wir vereinten Gäste
 Der Braut dies Lied zum Kranze dar,
Und freu'n uns ob dem schönen Feste,
 Und segnen das geliebte Paar.

———

Weise Güte.

Weis' und gut! Wen lockt nicht das Wort? Doch unter den Strudeln
Rasch entstürzender Fluth und unter den Klippen des Lebens,
Ach, da verliert ihr Steuer so leicht die Vernunft, und der Wille
Schwankt, uneins, von gewaltiger Noth und den Lüsten getrieben,
Daß er wählt, was er oft verwirft, der Umneblung erlediget.
Rathet mir, die euch die Schule gelehrt, noch mehr, ihr des Lebens
Zöglinge, helfet mir, sagt an, wo ist zu finden das Richtscheit,
Das absondere scharf, auf das Haar, das Falsche vom Wahren!
„Wie es von innen gebeut der Natur hochheiliges Machtwort,
Uebe das Rechte, ja, blieb' auch die That verborgen vor Allen,
Oder es träfe dich Schimpf und Straf, herzhaft es vollzogen!

Deckte dich Aïdes Schild und siebenfältige Nacht auch
Hüllte den Frevel dir ein, wie Gift ihn und Nattern geflohen!
Wenn ein Tyrann ihn geböt' und er dräut', er lockte mit Lohn dir,
Schöpftest Gewinn du die Fülle von ihm, ihn wie Nattern geflohen!"
Also tönet, ich kenne die Stimme, des göttlichen Platon
Herrlicher Ruf, so tönen ihm nach die Hallen der Stoa,
Strenge verdammend die Lust, und die Krone nur reichend der Tugend.
Andere lächeln des Ernst's; der Mensch ist aus Sinnen gemischet
Und aus Vernunft: Berathe die beiden, mit Weisheit versteht sich,
Daß du nicht über dich selbst, dich zu hoch anstrebend, vermessest!
Gib dem Vergnügen sein Theil und der Lust; was den Sinnen gebühret,
Was der Vernunft, haushälterisch ordn' es und nütze das Leben,
Das hinfleugt wie ein Strom und zurück, ungenossen, nicht kehret.
„— Schulen geben nur Worte; lebendige lehret das Leben",
Ruft ein vielfach erfahrener Mann, auf drängende merke!

Feind der Gerechtigkeit nennet ihr mich, nur auf
 schlauen Betrug und
Ränke bedacht; wie ihr mich verkennt! Im offe-
 nen Handeln,
Wo es raschen Entschluß und gemeinsam ersprieß-
 liche That gilt,
Anderes Maß dann ist noth, als oft in der Schule
 Paläſtra.
— Netze zu knüpfen der Lift, wo Netze der Lift
 sind vonnöthen,
Gut, ich rühme der Kunst mich, wie wenig, und
 weiß zu umstellen
Schlau mit dem Garn mein Wild; doch erheischt
 auch Anderes Andres,
Wo es Gerechtigkeit gilt und offenen Adel der
 Seele,
Keinem weich' ich an Adel sodann und Gerechtig-
 keit! „Hört ihr
Und erkennt ihr den Fuchs?" So sagte der Sohn
 des Laërtes
Zum sanft tadelnden Chor. So strebt er den
 wackern Gefährten,
Den mit sich selbst entzwisteten Sproß des Peli-
 den zu fahen,
Daß er beginge die That, die als schändlich die
 bessere Seele
Bald verwarf, als er sah die unsäglichen Leiden
 des Dulders.
„Einmal Verrath, wo gemeinsamer Nutzen es will,
 und gerecht dann,

Sühnend den Einen Fehl, durch das übrige Leben
                gehandelt!"
Rief er ihm zu, „und dich rühmt die Welt mit
                den Fürsten Achaias,
Dein ist der Preis, wenn dann Ilium sinkt, vom
                Verhängniß bezwungen!"
— So ihm verwirrt' er das Herz und trübt' ihm die
                Klarheit des Busens. —
Reiße dem Heuchler, er spricht der Eine für Alle,
                die schöne
Larve nur ab! Wie? Tugend und wie? Gerech-
                tigkeit wähnt ihr
So zu lieben, wo Wahn euch nur äfft, abirrende
                Thoren,
Bleib' es als heilig Gesetz, was die ewigen Ta-
                feln verkünden,
Und das unsichtbare Göttergebild in die Seele ge-
                schrieben! —
Was als Erstes euch nicht, als Einziges füllet den
                Busen,
Was nach anderem nur nothdürftig ihr, wie man
                aus Großmuth
Etwas zu ehren vermeint, und sträubend es den-
                noch geheim haßt,
Was von Gewinn bestochen, von bangender Furcht
                ihr geregt thut,
Achtet ihr das? Ihr spottet fürwahr verachtend
                nur seiner.
Euch ist die Tugend Geräth für das Kleineste,
                was euch das Höchst' ist,

Für verwerflichen Tand, für Gewinne der Ehr-
            und der Lüste.
Wenn mit geringeren Waffen, und schlechteren bald
            nur das schnöde
Ziel zu erobern ihr hofft, nicht schämt ihr euch
            dann der geringern,
„Aber die Meinung' ist doch und auch die Sitte
            zu ehren,
Wenn des Löblichen glänzender Schein mehr för-
            dert zum Ziele.
— Nun dann ringt ihr mit Schein um den Schein,
            entfremdet dem Wesen,
Garstig von innen; was auch ihr prangt in der
            gleisenden Larve.
So belauscht' ich einmal Geldlieb, den knickigen
            Nachbar;
Dieser verwechselte so die Bitten des Vater-
            unsers.
Vater unser, begann er, das tägliche Brod, das
            erhalte
Und vermehre du mir! Dein ist ja die Kraft und
            das Reich dein!
Auch die Sünden verzeihe mir, Herr, dann möge
            geheiligt
Immer dein Nam' auch seyn, und dein Will' im
            Himmel geschehe,
Und auf der Erden an mir, und gibst du den ir-
            dischen Segen
Deinem Kind vollauf, wird ihm auch der himm-
            lische bleiben".

So wie mein Nachbar, der Filz, der Wucher auf
 Wucher zu häufen
Nimmer sich scheut, und zur Kirche gebückt mit
 jeglichem Sonntag
Schleicht und an jeglichem Fest die Kommunion
 nicht versäumet,
Ob ihn der Husten auch plagt, und stets, daß er
 ihm doch der Felder-
Segen behüt' und den Acker bestell' und baue den
 Weinberg,
Heischer sich betet zu Gott; — wie dieser die Re-
 ligion übt,
Liebt und übt ihr gerad, ihr thörichten Heuchler,
 die Tugend!
Auf denn und ohne geheimes Geding mit dem
 Schlechten, das Gute
Frei und ehrlich geliebt, und so, wie geliebt, auch
 getrieben!
Besser als kritischer Imperativ und grübelnder
 Spitzsinn
Lehrt einfältiger Sinn und des Herzens feste
 Geradheit.
Wenn ihr euch diese bewahrt, euch bewahren das
 selige Kleinod.

Nicht Lesen.

Lesen bilde den Geist, mit der Weisheit Strömen erfrisch' es
Dürstende Seelen, und fördere so den erlockerten Boden
Zu des Wachsthums Gedeih'n? Gut! Wenn du der stärkenden Alten
Staubigen Büchern etwa und ihrer bejahreten Lehren
Früchten zu ekel dich sträubst; sieh'! welche Schulen der Bildung
Thun dir von Messe zu Messe nicht auf die neuen Autoren
Und der Verleger Betrieb! Lies die glaubhaften Berichte,
Die sie in's Publikum streu'n von ihrer herrlichen Waare!
Und wenn die Blumen der Kunst, wenn die Früchte des Wissens dich locken,
Wähle! der Markt ist bereit, der Käufer sind viele; versäume
Nicht den gelegenen Moment! Auch machen bequem dir die Auswahl,
Wenn dich besonders der Wechsel vergnügt, und du gerne, nicht lange

Haftend an Einem allein, wie die bunte Libelle,
bald dieses,
Jenes dann wieder benippst, die buntumfärbten
Journale,
Almanache, Kalender, die dir in den winzigsten
Bändlein
Geist und Witz in den Kopf von der Tasche zu
spielen geschickt sind.
Wie auch die fliegenden Blätter des Tags, die
am Morgen, am Mittag,
Wie am Abend dir nah'n, lehrreiche, gefällige
Freunde,
Fern dem pedantischen Ernst, und Erzieher im
neu'sten Geschmacke.
Gut! Ich ehre dein Wort; doch gestatte den Satz
mir zu wenden.
Auch nicht Lesen ist Kunst! Nicht Lesen, auch
dieses erziehet
Geist und Herz, und entreißt das Gemüth der Ge-
fahr der Verwild'rung.
Lies in dem offnen Buch der Natur, entrolle des
eignen
Herzens verborgene Schrift, und, wenn du ge-
schriebne vermissest,
Weh' dir! dann bist du es werth, von Morgen
bis spät in den Abend,
Bis dich der Schwindel ergreift, zu lesen, was
immer die Messe
Von Schauspielen, Romanen, Sonetten und
kräftigem Volksang

Für die Leihbibliothek und die schwelgenden Motten bereitet.
Hat vom Gedränge der Stadt dich freundlich dein Gärtchen empfangen,
Und dich umleuchtet der wölbende Himmel, dir schatten die Lauben
Deiner umgrüneten Bäum', und ihr balsamduftender Aushauch
Trägt auf den Flügeln der Weste dir zu herzstärkende Labung,
Und verstohlen nur dringt in deine Verborgenheit, wie ein
Traumgebild die Welt, erhebe zum Geist der Natur dich!
Lies und erforsch' ihr stilles Gesetz, der bildenden Hände
Mütterlich pflegende Spur in jeder sprossenden Pflanze,
Jedem Lebendigen, das dich umwebt, frohlockend des Daseyns.
Schau', wie jetzt in der schwellenden Frucht, die vor sich im Keime,
Sich in der Blüthe begeisternd geregt, die Seele der Liebe,
Wandernd nach alter prophetischer Sag', und die Kräfte des Lebens
Leihend dem nächsten Bedarf, hülfreich, die beglückende waltet.
Oder auch tritt in dein eigenes Herz, erforsche die Tiefen

Conz.

Deines Geistes zu dir, und das nimmer Ver-
  gängliche, Ew'ge,
Das im Eleusischen Hain des Gemüths dem For-
  scher sich aufthut,
Wenn dich schmerzlich berührt des Tages gewalt-
  sames Schauspiel,
Und das wüste Getrieb unsinniglich schwärmender
  Willkür,
Söhne dich aus mit der Thörin, der Zeit, und
  ihren Gebilden,
Mit dem prächtigen Nichts erlogener irdischer
  Hoheit,
Mit der Schwäche, die sich anstrengend für Adel
  und Kraft gibt,
Und in der Zerrung die eigne Gestalt nur so
  schmählicher kund thut,
Söhne dich aus mit dem windigen Stolz anma-
  ßender Thoren,
Mit der Verworfenheit selbst, wo Hader und Kampf
  durch die Welt tobt,
Suche den Frieden in dir! In Fesseln gebändigt
  die Lüste!
So ermanne du dich zum wackeren Geiste der
  Alten!
Ihrer Sprüche Versich'rungen wird dein Herz dir
  bejahen;
Deines Herzens Versich'rungen wird, wenn jetzt
  zu den Büchern
Wieder sich wendet dein Geist, ihr goldenes Wort
  dir bejahen.

Wort der Weihe.

Rein tritt vor die Natur! Dein Herz ist ihr
    ewiger Spiegel,
Und dein Spiegel. Sie stellt rein sich, den
    Reinen nur dar.
Auch begegnet dein Herz und dein Leben in ihrer
    krystallenen
Quelle dir wieder. Sie gibt dir sich verschö-
    nert zurück.

Das Kind.

Alles betastet die Hand des Kleinen; gläubig und
    furchtlos
Streckt er den tappenden Arm dahin und dort-
    hin hinaus.
Wasser und Flamm', und Sprödes und Weiches
    möchte der zarte
Finger versuchen, wie ihn drängt der lebendige
    Trieb.

An den Gestalten des Seyns übt so die Kräfte des Muthwills
Froh der Knab', und in ihm reifet der Glaub' an die Welt.
Seliges Kind! Noch erzieht die Natur dich spielend, und spielend
Folgst du, gegängelt von ihr, ihrem gefälligen Zug.
Sicher vertraust du dich ihr. O lern' ihr dann auch vertrauen,
Wenn ihr lehrendes Wort einst an dein Inneres spricht.
Daß den Menschen in dir nicht künftig die Menschen verderben,
Leite die Treue dich stets mit der verborgenen Hand.

Das heilige Land.
1812.

Wohin auf deinen morgengold'nen Schwingen,
O Phantasie, trägst du aus trüber Zeit,
Die Nebel nur und Finsterniß umringen,
Die Greu'l auf Greu'l, und Schmach auf Schmach entweiht;

Wohin eilst du den Sänger hinzubringen,
Hinweg vom Land der öden Wirklichkeit?
Wie seh' ich nicht, von dir emporgetragen,
Die Pforten aller Welten aufgeschlagen?

Empfangen mich die heiligen Gefilde
Der Griechen dort, um die in reinerm Licht
Der Himmel strahlt in sonnenwarmer Milde,
Die hoher Ehren Glorie umflicht?
Erwachen sie, die herrlichen Gebilde,
Die Helden mit dem Götterangesicht,
Die tapfer nur für Bürgerheil entbrannten,
Und keine Ehr' als solcher Tugend kannten.

Als Persis seiner Flotten stolze Heere,
Die trotz'gen Krieger, wie des Meeres Sand
Unzählbar, durch die Lande, durch die Meere
Umher, euch zu verschlingen, ausgesandt,
Ihr aber kühn mit ungebeugtem Speere
Für Götter, Weiber, Kinder, Haus und Land
Ankämpftet, gleich den Löwen, gleich den Aaren,
Vereinten Muths am Tage der Gefahren.

Als des Verdienstes ewig frische Krone
Sich flochten vor des Vaterlands Altar
Die Miltiade, die Timoleone,
Und er, der Führer seiner kleinen Schaar,

Leonidas, doch furchtbar Persis Throne,
Nicht achtend des gewissen Tods Gefahr; —
Als Agis' großes Herz für große Sache
Hinblutend brach, ein Opfer schnöder Rache.

O fahret wohl, ihr kühnen Heldenseelen,
Die ihr für Recht und Heimathland geglüht!
Nicht eure Thaten feiernd zu erzählen,
Wählt euch, die Allgepriesenen, mein Lied.
Die frommen Streiter Gottes möcht' es wählen;
Hinüber zu dem heil'gen Lande zieht,
Zur hehren Stadt, für die sie keck gestritten,
Der Geist mich hin, wo Christ der Herr gelitten.

Ihr, was euch Land und Zung' und Sitte
       trennte,
Durch eine Flamme brüderlich vereint,
Im gleichen Heldenthumes-Elemente
Durch Glaubensmacht und fromme Gluth be-
       freund't,
Die kühn mit euch in wilde Schaaren rennte,
Und niederwarf des Christus-Kreuzes Feind;
O ihr, des wunderbaren Helden Helden,
Von deren Ruhm die Welt wird ewig melden.

Und wäre mir die liederkühnste Leyer
Und alles Wohllauts Fülle mir verlieh'n;
Ja, hätt' ich Maro's Geist und Tasso's Feuer,
Und dienten mir selbst Orpheus Harmonie'n,

Die Felsen und des Waldes Ungeheuer
Nachrissen ihren Zaubermelodie'n,
Doch könnt' ich kaum nach Würden euch besingen.
Die Armuth kann nur armes Opfer bringen.

Doch grüß' ich dich, du heil'ge Grabesstätte,
Worin der Herr, der für die Welt sein Blut,
Daß er vom Fluch der Sünden uns errette
Und bändige des Todes grimme Wuth,
Am Kreuz verströmt, wo, als in sanftem Bette,
Nach schwülem Tag der Heilige geruht;
Doch kraftumgürtet aus des Todes Banden,
Des Todes Sieger, glorreich auferstanden.

Hier sieht man Saba's Wohlgerüche wallen,
In lichten Wolken dampfen Specerei'n;
Vermischter Andacht Feierhymnen schallen
Aus unterird'schen Grüften fremd herein;
Dem frommen Klang antworten ernst die Hallen;
Nie schweigen sie, der Beter heil'ge Reih'n.
So bitet treuergebenes Gemüthe
Das Grab, dem einst das Heil der Welt entblühte;

Das Grab, zu dem mit glaubensvollem Ahnden
Von allen Fernen, so die Sonn' umkreist,
Viel tausend wallten, von den trüben Banden
Der Sünde zu befreien ihren Geist,

Und Licht und Trost für ihre Seele fanden,
Wo sie das Herz mit Himmelskost gespeist,
Hier, wo, sich opfernd für der Menschheit Leben,
In Tod sich selbst das Leben hingegeben;

Das Grab, um das die Streiter Gottes fochten
In jenen Tagen frommer Heldenzeit,
Ob noch so sehr die Saracenen pochten,
Die Lanzen saußten in dem harten Streit,
Lorbeere sich um ihre Stirne flochten,
Die schändend nie der Völker Fluch entweiht;
Hoch schwangen sie des Glaubens starke Fahne,
Und ihre Thaten leben im Päane.

Seht ihr, von den Pilastern dort getragen,
Die Särge Bouillon's und Balduin's steh'n?
Die einfach gothisch-strengen Züge sagen
Schon in den Namen, was durch sie gescheh'n;
Doch scheinen sie die Nachwelt zu verklagen,
Als könnten sie des Landes Schmach noch seh'n.
Ihr Glücklichen, vor eurer Siege Pforte
Ward euch vergönnt, zu ruh'n am stillen Orte.

Auch Frieden euch in euern frommen Grüften,
Die fern von da die Mutter Erd' umhüllt,
Ihr Tapferen! umweht von Liliendüften,
Behüten euch mit ihrem Himmelsschild

Die Engel Gottes aus den hohen Lüften,
Und eures Muths und eurer Liebe Bild,
Sie weihen es, daß, wie einst eure Fahne,
Es lange noch zu gleicher Tugend mahne.

O schönes Land der Wunder, wo von Quellen,
Von Bergen, Thalen Gottes Stimm' erklang,
Und wie ein Regenbogen rings im hellen
Lichtkreise sich die Huld des Ew'gen schwang;
Wo, wie die Sonn' entstürzt des Meeres Wellen,
Hochherrlich sichtbar schritt des Höchsten Gang,
Wie so verstummt sind alle deine Zeichen!
Ach, mußte dir der heitre Glanz erbleichen!

Die Stadt voll Volks ist nun zur Wittwe worden,
Liegt in der Wildniß eine Wüste da!
Auf wilden Rossen jagen Räuberhorden,
Wo man einst Beterschaaren wallen sah;
Die Hügel, die von froher Lust Akkorden
Am Erntefest erklangen fern und nah,
Von Oel und Wein so reich umduftet, schweigen
Jetzt nackt und kahl, der herben Armuth Zeugen.

Als ob der Fluch mit giftgetränktem Wehen
Versengend rings die Felder ausgebrannt,
Verödet muß der Gottesgarten stehen,
Die Lust ist hin und jeder Segen schwand,

Die Wasser, reich vordem den fruchtbar'n Höhen
Entquellend, sind in ihren Fels gebannt;
Der Jordan selbst wälzt, ward nur fortgezogen,
Durch trüben Sand die gelben, traur'gen Wogen.

Nur mit dem Kranz, dem fremden alter Lieder,
Nicht mit des Oelbaums eig'nem mehr geschmückt,
Trau'rt Thabor dort! Vem hohen Gipfel nieder
Schaut er nach Tagen, die ihn einst entzückt;
Nie kehren Samgar's Heldenzeiten wieder,
Als dort der Sieg Debora's Arm geglückt,
Als jauchzend sah der Berg zu seinen Füßen
Der Dränger Blut in hellen Strömen fließen.

Und Karmel's Höh'n, wo einst der Zukunft Späher,
Der Einsamkeit und Gottes Licht vertraut,
Die ew'gen Tafeln des Geschickes näher,
Elias, frommgeweihten Augs erschaut.
Und als er lang' sein Volk der hohe Seher
Durch That und Wort und Wandel hatt' erbaut,
Lebendig ward auf schnellem Feuerwagen
Zu Gott von Flammenrossen aufgetragen;

Und schwebend seinen Mantel noch zur Erde
Elisa senkte seinem treuen Knecht,
Daß nie sein Geist von ihm genommen werde,
Und stets in ihm auch wohne Gottes Recht,

Und lange noch, der redliche Gefährte
Zur Wahrheit lenk' und lehre sein Geschlecht;
Ach! Karmel's Höh'n steh'n öd', und seine Klüfte,
Die Seherhallen sind jetzt Räuberschlüfte.

Wo ist das Volk, das, treu den Palmenschatten,
Fromm, sonder Eh', sich aus sich selbst erzeugt,
Wo die Natur und Ruh' die Lebenssatten
Mit Himmelsmilch aus keuscher Brust gesäugt?
Sie wollten nicht im heil'gen Dienst ermatten,
Bis sie zur Gruft des Alters Hand gebeugt,
Und Andre, die, wie sie des Glückes Welle
Hierher verschlug, ersetzten ihre Stelle.

Sie sind nicht mehr, es trauern ihre Stätten,
Der Schakal heult, wo ihrer Hymnen Sang
Oft nächtlich scholl in flammenden Gebeten,
Und zu Gesang des Felsen Tochter zwang.
Und ihr, die einst den herrlichsten Propheten
So oft begrüßt in seines Wirkens Gang,
Wie schweigt ihr jetzt, ihr Hügel, See'n, Thale,
Beleuchtet oft von seiner Wunder Strahle!

So lebst du nur noch in den heil'gen Sagen,
Du heil'ges Land, erkorne Braut des Herrn!
Wird nie, wie einst, das Licht dir wieder tagen?
Nie wecken dich ein neuer Morgenstern?

O trauert nicht! Wo heil'ge Herzen schlagen,
Ist heil'ges Land und Gottes Licht nicht fern;
Aus keuscher Brust, aus reiner Seelen Saaten
Unsichtbar still erblüht's in Geistes-Thaten;

Wenn, aus der Hölle Samen ausgeboren,
Am eignen Gift die Zwietracht nun verdirbt;
Die uns verheert, die Wuth, hat ausgegohren,
Am Uebermaß der Uebermuth erstirbt,
Und nahend wieder aus des Himmels Thoren
Des Friedens Geist um reine Herzen wirbt,
O möchten dann wir seine Huld verdienen,
Und alten Fluch, geheiligt Alle, sühnen. —

―――――

An Klopstock.

Zum Abschied.

(Hamburg, September 1792.)

Ein Knabe war ich; unter den Dämmerungen
Der Eichen ging der Träumer an deiner Hand,
Betrachtung, und von deinen Schauern,
Heilige Einsamkeit, rings umflossen.

Der Erd' entrissen, schwebt' ich in höheren
Gefilden, auf den Flügeln des heiligen
  Gesangs getragen; mir geöffnet
    Sah ich die Thore des Unsichtbaren.

Du sahst die Thränen, Quelle des Eichenhains!
Sie mischten sich oft deiner geheimen Fluth,
  Der tiefbewegten Seele Thränen,
    Die mir entlockte der hohe Sänger.

In seinen Liedern lernt' ich mich selbst versteh'n;
Hier lebten meine Träume, mein namenlos
  Zerfließendes Gefühl fand Sprache,
    Stand in Gestalt mir vor'm trunk'nen Blicke.

Da reiften viel der Knospen des Geistes mir
Am gold'nen Thau des hohen Gesanges auf,
  Entfaltet dufteten der Seele
    Blüthen mir schöner in seinen Strahlen.

„Ach!" seufzt' ich oft in Stunden der Mitternacht,
„Daß ich Ihn sähe, daß ich von Angesicht
  Zu Angesicht ihm meines Herzens
    Segnungen dankend entgegen strömte!"

Und viel der Monden kamen und gingen hin;
Mir schwand der Lenz der Jugend; doch ewig
     jung
 Blieb dieser Wunsch, der meine Seele
  Immer mit steigender Hoffnung füllte.

Es reift im niedern Thale der Sterblichen
Nur wenig Hoffnung. Siehe, noch bin ich kaum
 Ein Mann, und, wo ich hinseh', hab ich
  Manches gewonnen, doch mehr verloren.

Heil denn und Dank dir, ewige Wärterin
Auch meines Lebens, die du mein sehnend Herz
 Erquickt, des Jünglings ungeduld'ge
  Hoffnung, die Stille des Mannes, kröntest.

Im Schmuck der Silberlocken, der Liebe Blick
Und seiner Größe Ruh' in des Auges Blau,
 Stand er vor mir, und seiner Weisheit
  Peitho behorcht' ich; da rief ich scheidend:

Sey dein des Himmels reinste Wonne! Mild
Und schön, wie dort die scheidende Sonne geht,
 Wenn sie des Tages große Arbeit
  Segnend, die Himmel hinab, vollbracht hat,

Soll deines Lebens gold'ner Abend seyn!
Ihn müssen mit ambrosischen Labungen
 Umweh'n die Kränze deiner Thaten,
  Wie ihn die Blumen des Danks umduften,

Des Danks der Tausend, hier von dem Vaterland,
Vom Ausland dort, des Dankes der Enkelwelt!
 Viel lebtest du; den schönern, hellern
  Morgen der Deinen hast du gesehen,

Den hellern Mittag selbst mit herauf geführt;
Des Guten, Wahren, Schönen und Großen viel
 Entsproßte dir und durch dich; Freuden
  Gabest du viel' und genossest viele;

Doch blutet' auch verwundet dein Herz dir oft,
Als Meta starb, die Freunde der Tod dir nahm;
 (Wer liebte, ward geliebt wie du?) Und
  Schattet's auch jetzt nicht dir trüb vor'm
   Auge?

Da deiner schönen Hoffnung der Franke lügt,
Und dein Jahrhundert, irre, vom Wahn gepeitscht,
 Und von der rasenden Erynnis
  Fäusten geschleppt an den Abgrund taumelt?

O möcht' ein rein'rer Morgen der nahenden,
Der neuen Zeit dein Alter noch laben, und
    Erst angelächelt von des Friedens
        Kehrender Sonne dein Auge sinken.

In's Fest der Jubel tönte dann herrlicher
Auch dein gefei'rter Name; wir weinten nicht
    An deinem Grabmal — ziemen Thränen
        Glücklichen? — sängen nur: Er war unser,

Und ist's und lebt im Munde der fernsten Welt!
Sein Herz, sein Leben, seines Gesanges Kraft
    Weck' uns zu besser'm neuen Leben,
        Welches die Wunden des alten heile!

Vertrauen.

Die dunkeln Schwestern singend spinnen;
Prophetisch klingt's vom ehrnen Haus;
Ein Geist mit furchtbarem Beginnen
    Sinnt sich ein großes Schicksal aus.

Des Glückes Buch liegt aufgeschlagen,
   Der Geist, noch zweifelhaft und stumm,
Die ernsten Loose zu befragen,
   Stört, wie ein Sturm, die Blätter um.

Und über Länder hergeschritten
   Geht jetzt verhängnißvoll sein Fuß;
Die Erd' erdröhnet seinen Tritten
   Hinab bis in den Erebus!

Dumpf tosende Gewitter wallen
   In wilden Schauern durch das Land,
Ergriffen von dem Sturm muß fallen,
   Was seit Jahrtausenden bestand.

Wie wenn der Feuerberge Wetter
   Losreißen sich mit Ungestüm,
Und wach die unten ruh'nden Götter
   Verderbend künden ihren Grimm.

Soll aus den Trümmern der Verheerung
   Die Welt sich schöner jetzt erneu'n?
Was lang' getrotzet der Zerstörung,
   Nun eine alte Mähre seyn?

Wird schöner Sitt' und Kunst entblühen?
Sich näher der Vollendung Ziel
Die Menschheit ringen? Oder fliehen
Die Musen vor dem wilden Spiel?

Und furchtbar durch die Erde winket
Des tollen Zwanges Eisenstab;
Auf Eumenidenflügeln sinket
Die Nacht der Barbarei herab.

Das Heiligste soll ich verderben,
Der Freiheit Mannsinn untergeh'n,
Der Menschheit Blüthen soll ich sterben
Mit ihres Heiles Blumen seh'n? —

— Was kommen soll — in heil'ger Stille,
Mit bunt gewirktem Teppich deckt
Die Zukunft es; die ernste Hülle
Hat stets den Vorwitz noch geschreckt.

Wenn auch der Erde Feste zittert,
Der unterhöhlte Boden laut
Die wankende Natur erschüttert,
Getrost dem Waltenden vertraut!

Sein Walten und sein treues Lieben
Hat er im Buche der Natur
Am schönsten selber uns beschrieben;
Der Feigsinn mißversteht ihn nur.

Bald ist der Sturm vorbeigezogen,
Hell öffnet sich der Sonne Thor,
Und aus dem Schaum empörter Wogen
Ging ja die Liebe selbst hervor.

Die Geduld des Weisen.

1793.

Stille, weise Geduld, die du dem Leidenden
Sanfter bettest der Noth Lager, und kühlendes
 Oel der Wunde des Schicksals
  Mit der helfenden Rechte beutst!

Weise Dämon, der Müh'n Trösterin, friedliche
Schmerzenstillerin! Dich hat mit der Hoffnung noch
 Psyche's schweifendem Leben
  Gutes Göttergeschick gegönnt.

Du beschwörest den Schmerz, hold ihn besprechend, stumpfst
Seine Stacheln ihm ab; unter dem tobenden
  Grimm der Wetter, mit Menschen,
    Bosheit, Neid und Natur im Kampf,

Gehst du muthig und groß, hoher Entsagung voll,
Heldin Gottes, einher. Möge das buhlende
  Glück verschwend'risch der Falschheit
    Gaben unter die Thoren streu'n,

Neidlos achtest du's nicht. Ja, ihr verführender
Tand, ihr Silber und Gold und ihr Geschleppe der
  Ehren, nimmer verlockten
    Sie vom Pfade des Guten dich.

Deine Losung ist Pflicht! Wo dir die Fahne der
Hehren winket, und wär's mitten durch blutigen
  Tod, da folgest du freudig
    Freies Sinnes, und Siegerin.

Ja, dein weiserer Muth stehet dem wildesten
Schrei der Lüste; zurück bebet die Rotte; flieh'n
  Muß der Pöbel der Sinne;
    Täuschung stirbt an der Wahrheit Licht.

Leucht', o Göttin, der Welt freundlich! Verlaß'
                      uns nicht,
Wenn, von Stürmen empört, wilder die Erde
                      tos't,
  Und in schrecklichem Aufruhr
    Kämpfen Meinung, Gewalt und Recht.

Wenn an's fromme Gestad' stillerer Tugend jetzt
Unaufhaltbar daher rauschen die Brandungen
  Toller Laster, im Zeitmeer
    Keck der Nachen des Friedens treibt. —

Leucht', o Göttin, der Welt freundlich! Erha-
                      benes
Schauspiel, wenn, nicht vom Arm zwingender
                      Noth gebeugt,
  Kämpft die Tugend, es leuchtet
    Werth des Himmels, der Erde werth.

Oeta's waldige Höh'n sahen den duldenden
Sohn Alkumena's, Zeus edelsten Sprößling,
         sah'n
  Ihn am Ziele der Mühen:
    Seht, die Flamme des Rogus dräut;

Hoch und kreisend ob ihm schlägt die gewaltige;
Doch das Sterbliche nur sinkt; das Unsterbliche
　　Siegt; er steiget, befreiet,
　　　　Zu den ewigen Göttern auf.

Bei'm Sonnenuntergange.

Wem wollt' ihr gleichen, Erdengewaltige,
Obherrscher, Scepterführer? Der Bilder viel
　　Gleicht man euch an. Wählt euch das schönste
　　　　Selber, und werdet ihm folgend Vorbild!

O schaut die segenwaltende Sonne, schaut
Den stillen Gang der Herrlichen, Könige,
　　Wie sie aus ihrem Purpurbett sich
　　　　Hebet, und Leben, und Licht verbreitend,

Ihr frohes Taggeschäft' verrichtet, nach
Vollbrachtem glanzvoll jetzo bei'm Niedergang
　　Noch auf des Berges goldbesäumtem
　　　　Rande verweilend, durch's Thal umherschaut;

Als überdächt' ihr Herz das Berichtete,
Als labte sie vor'm Scheiden die Blicke noch
  Am Dank der Wesen, die mit Wollust
    Trinken die letzten von ihren Strahlen.

„Du gehst, o Mutter! Mutter, verlaß' uns nicht!
Komm' wieder bald! Dein Auge verbirgt es uns,
  Dein scheidend Aug'; aus deinem Borne
    Schöpfen wir Alle des Segens Fülle.

Die goldnen Wolken, die dich umhüllen, sind
Die Boten uns, du bleibest uns treu gesinnt;
  Die Sterne, deine Brüder, zeugen's
    Nächtlich!" — und, sehet! sie ist hinunter,

Und ihre guten Thaten, wie Genien
Umschweben sie am Himmel noch weit umher,
  Und durch das grüne Netz der Bäume
    Singen ihr Scheidegesang die Vögel.

Und wie sie schied, so wird sie mit freudiger,
Erneuter Kraft am morgenden Tag ersteh'n!
  O, diese Segensmutter ahmet
    Könige nach! Nicht die wilden Bahnen

Der Ströme dort, wenn aus dem erschütterten
Luftkreis durch bange Meere, durch Länder hin,
  Mit Fluch belastet und mit Gesuchen
    Braust, zum Verderben bewehrt, ihr Fittich.

Die Sonne dort, die nächtlichen Geister auch,
Die, friedlich wandelnd, Saaten der Liebe streu'n
  Aus goldnen Händen, euer Vorbild
    Mögen sie werden, des schönsten Segens.

Des wärmsten Dankes werdet ihr dann euch
    freu'n!
O, nicht auf euern Wappen, Palästen und
  Prunkmänteln — laßt aus euerm Leben
    Glänzen die Sonn' und erblüh'n die Sterne.

Das Orakel der Weisheit.

1791.

Unbegreifliches!
Wenig begreifendes Geschlecht der Sterblichen,
Ausgesät über die unendliche Erde,
Unendlich für dich,
Aber der Schatten eines Punkts
Vor dem, der das Unendliche selbst ist,
Du kommst, weißt nicht, woher?
Gehst, weißt nicht, wohin?
— Stückwerk dein Wissen, Arbeit dein Thun —

Ueber dir kreisen Sonnen und Planeten
In ewiger Jugend,
Scheiden und kommen und kennen ihre Zeit.
Und du, unausserblich in deiner Gattung,
Lebst nur in dieser lange Tage;
Dem Einzelnen ist
Nur ein Athemzug der Zeit vergönnt,

Und in des Lebens Kerne
Trägt Jeder schon des Todes Wurm.

  Ueber dir hin
Wandelt ihren ernsten Gang
Die Nothwendigkeit.
An ihrem diamantnen Rocken
Spinnt sie den Faden des
Unwiederrufbaren Geschickes,
Und leitet an ewigen Seilen das All;
Du aber über deinen geschmückten Gräbern,
Deinen blumigen Trümmern,
Weilest, wie sie will,
Flüchtige Tage,
Augenblicke, Hauche der Zeit,
Augenblicke, oft voll Müh' und Noth,
Die du dir mit Zweifeln jetzt,
Jetzt mit Sorg' und Angst,
Jetzt mit Thorheit verkümmerst und Laster.

  Vor allen Kindern der grün gelockten Erde
Gab dir der Schaffende
Den Blick vorwärts in das Kommende,
Und rückwärts in's Vergangene,
Und zwischen zwei Welten,
Sichtbarer und unsichtbarer,
Stehest du!
Doch Dämmerung nur füllet die Aussicht,
Und schüchterne Strahlen des Morgenroths
Zittern aus der weiten Ferne.

Vermesse dich nicht, Halbgott zu seyn,
Noch versenke ganz erdwärts deinen Blick!
Die vorwitzige Psyche
Schweift mit verwegenen Fittichen
Nicht ungestraft über des Sichtbaren Gebiet,
Wenn, ihrer Bande vergessend,
Sie zügellosem, irrem Flug sich gibt.
Träge, nur an die Erde gebunden,
Vom göttlichen Funken in sich nicht belebt,
Nicht höher belebend ihn selbst,
Entmenscht sich der Mensch,
Wird zum niedrigern, sich selbst schändenden Thier.

Ich hörte viele Frager
Vom Orakel der Weisheit;
Jahrtausende fragen sie,
Jahrtausende streiten sie über der Antwort:
Was kann ich wissen? Was glauben? Was thun?
Wo ist das Orakel der Weisheit?
Ich will den Felsen hinaufklimmen,
Und engten Klippen und Dornen den Pfad,
Ich will den Schweiß nicht scheuen, die Arbeit
                    nicht scheuen,
Ich will die Klippen und Dornen,
Den steilen Gang hindurch,
Zur Stätte der heiligen Kunden
Gottbegeisterter Weisheit,
Daß, wie vom Regen des Himmels,
Die schmachtende Seele sich erquicke des Worts.

Nicht draußen in der Welt,
Nicht im Dunkel des Hains,
Nicht über klippigen Höhen,
In Labyrinthen der Worte nicht,
In dir, Mensch, ist das Orakel der Weisheit.

Glaube, lieb' und hoffe!
Hoffe, lieb' und glaube!
Duld' und entbehre!
Freu' dich und leide!

Suche grübelnd den Ewigen nicht,
Du möchtest ihn suchend verlieren!
Glaub' ihn!
Er ist dir nahe; ist um dich, über dir, in dir!
Keine Namen bezeichnen ihn, nennen ihn!
Aber dein Herz, wenn du es rein hältst,
Kündet ihn dir, verbirgt ihn dir,
Und den Regenbogen der Sehnsucht
Nach ihm, dem Unvergänglichen,
Hat er, zum Zeichen seines Bundes mit dir,
Um die Brust dir gelegt,
Und sein schönstes Kind, die Liebe,
Mit ihrer Schwester, der Hoffnung,
Zur Braut dir gegeben und Gespielin.

Ihn singt dir die ganze Natur,
Und sein feurigster Psalm
Ist der wandelnde Sternenhimmel.

Wenig zu wissen und ihn zu verehren
Sey deine Weisheit!
Such' ihm zu gleichen durch Liebe,
Schrieb sein Finger der Liebe
Wie du, der Schwache, stark doch in ihm,
Immer vermagst, und durch Adel reiner That!
Ringe darnach!
Seine Gebote der Liebe
Schrieb sein Finger der Liebe
Dir in das Herz!
Und lohnte kein Jenseits,
Und strafte kein Jenseits,
Gehorche den warnenden, leitenden!
Das schönste Edelgestein
In deiner Freiheit Krone
Ist dieser Gehorsam.
Bewahre die Krone,
Die du hast,
Der Menschheit Würde!
Ehre dies Diadem, wie es dich ehrt,
Vom Sinnenknechte wie so oft entweiht.

Fürchte den Tod nicht,
(Daß seine Schrecken dich nicht ängsteten,
Ward dir ein holderes Bild von ihm,
Sein Bruder, der Schlaf,
Der Mühentröster, gegeben),
Fürchte den Tod nicht,
Aber veracht' ihn nicht

Den großen Lehrer,
Den Heiland aus vieler Noth,
Der die Bande dir löst,
Und vollendet mit dir!
Glaube gewiß, er wird's vollenden!
Glaub' an dich und hoff' Unsterblichkeit!
Was drüben seyn wird,
Wenn du Gutes rein und treu geübt;
Wohl dir!
Du hast Gott und dich!

Inhalts-Verzeichniß.

                                                Seite

Biographisches Vorwort 5

Ausgewählte Gedichte.

Der Suchende 9
Des Menschen Sehnsucht 11
Stiller Sinn 13
Maigewitter 14
An meinem Geburtstage 16
Der Hain der Eumeniden 18
Menschenleben 20
Abendphantasie 23
Luther 26
Andenken 28
Hymne an das Licht 30
Todtenfeier 43
Gesanges-Macht 49
Die Silberhochzeit 54

	Seite
Weise Güte	57
Nicht Lesen	63
Wort der Weihe	67
Das Kind	—
Das heilige Land	68
An Klopstock	76
Vertrauen	80
Die Geduld des Weisen	83
Bei'm Sonnenuntergange	86
Das Orakel der Weisheit	89